花径

遺作短歌集

渡邊久枝

文芸社

慈しみつつ（一九七八〜一九八一年）

新春の結び柳もととのひて眞台子の前に濃茶練り上ぐ

鶯のころ近づけばよろこびてしばし聞きをり静もる我が家

太郎庵椿ようやくにしてほころべば今日いく度か庭に降り立つ

五つ六つ乙女椿の花落ちて苔青き庭にひと日雨降る

流し雛が水たまりにとどまりて春の陽ざしにあはれなりけり

着替ふれば匂ひ袋の落つる音双手で拾ひ亡き母想ふ

奈良に嫁ぎてより七年となりし娘よ柿の葉鮨もつくるこの頃

植ゑ替へし牡丹の蕾かぞへつつこころはずませて花どきを待つ

万緑の山裾道を行く人よ和服姿の良く似合ひたる

くちなしの花匂ひくる夏の夜半夫を看取りし友はいかにか

いつの日か里より貰ひしはまなすのつぎつぎ咲きて匂ひうれしも

駈り寄りてお茶の花よと昼顔を差し出す孫の目の輝きよ

盆参りに嫁ぎし娘帰り来れば「夢」の字掲げて茶室に招ず

秋の日にあまく匂ひし木犀《もくせい》も夜来の雨に散りて終りぬ

久々にキリシタン燈籠に灯をともし茶を点てをれば望月の照る

過ぎゆきし日日思ひつつ川瀬音聞こゆる墓地の草抜きてをり

若き日の名を呼び合ひて和むなり今日還暦のクラス会にて

虫干しをなしつつ形見の袷着に帯当ててまた手も通してみる

千両の朱き実美し長姉の喜寿に月宮殿を舞ひて寿ぐ

白玉椿に「静」一字なる軸をかけはしばみ添へて炉開きとなる

寒空に八つ手の花の白く咲く土塀の内に陽を招くごと

初春にほころぶ庭の紅梅にわが還暦の幸を思へり

七草を求めて摘みゆくせせらぎの雪間に二つ蕗のたう見ゆ

長男の嫁なる日日のあれこれをなつかしく思ふこの頃にして

春浅き山むらさきに匂ひゐて昼なほ静か父母在ります山

安政に生まれし祖母の雛さまら古きお蔵に若く居ませり

母の日に子等より贈られし青磁なり節句の雛に淡茶供ふる

春の陽に土橋に並びて雛流せし紅緒の下駄の人を忘れず

恐縮ですが
切手を貼っ
てお出しく
ださい

112-0004

東京都文京区
後楽 2－23－12
(株) 文芸社
ご愛読者カード係行

書 名					
お買上 書店名	都道 府県	市区 郡			書店
ふりがな お名前			明治 大正 昭和	年生	歳
ふりがな ご住所	□□□-□□□□			性別 男・女	
お電話 番 号	(ブックサービスの際、必要)	ご職業			

お買い求めの動機
1. 書店店頭で見て　2. 小社の目録を見て　3. 人にすすめられて
4. 新聞広告、雑誌記事、書評を見て(新聞、雑誌名　　　　　　)

上の質問に 1. と答えられた方の直接的な動機
1. タイトルにひかれた　2. 著者　3. 目次　4. カバーデザイン　5. 帯　6. その他

ご講読新聞　　　　新聞	ご講読雑誌

文芸社の本をお買い求めいただきありがとうございます。
この愛読者カードは今後の小社出版の企画およびイベント等の資料として役立たせていただきます。

本書についてのご意見、ご感想をお聞かせ下さい。
① 内容について

② カバー、タイトル、編集について

今後、出版する上でとりあげてほしいテーマを挙げて下さい。

最近読んでおもしろかった本をお聞かせ下さい。

お客様の研究成果やお考えを出版してみたいというお気持ちはありますか。
ある　　ない　　内容・テーマ（　　　　　　　　　　）

「ある」場合、小社の担当者から出版のご案内が必要ですか。
希望する　　希望しない

ご協力ありがとうございました。

〈ブックサービスのご案内〉
小社では、書籍の直接販売を料金着払いの宅急便サービスにて承っております。ご購入希望がございましたら下の欄に書名と冊数をお書きの上ご返送下さい。（送料1回380円）

ご注文書名	冊数	ご注文書名	冊数
	冊		冊
	冊		冊

飼ひをれば吾が足音に集ひくる池なる鯉の美しき舞

みどり濃き松にかかりし玉藤のふさふさと花の咲き盛りをり

茶に謡よき師よき友に恵まれて六十路の日日を脈々と生く

さまざまなる思ひのこもる能登上布娘に遣さむか

いとほしみたたむ

梅漬けを干す日なきまま長雨の続きてすでに立秋迎へり

涼風に返り咲きたる鉄仙を遺影に捧ぐ露もてるまま

（二才で夭逝）

魂迎ふオガラ焚きつつ亡き吾子の孫より幼きおもかげし哀し

亡き吾子の魂も宿らん思ひして化野の小さき石佛撫づる

萩のこぼるる秋篠寺のみ佛よ娘らのうしろに佇ちて眺めぬ

旅ごころありて夜長の松籟を聞きつつ旅行案内書読む

長かりき着物のいのち想ひつつたたみ直して匂ひ袋添ふ

すすき活け団子供えて月を待ちし楽しき夕餉は子等幼き日

時折りにさらさらと枝ゆさぶりてひねもす庭師のはさみの音す

さ庭辺にほととぎすの花ひそと咲く植えくれし人よ今は世に亡く

苔むせる墓石の数多並びをり遠きみ祖はいかに生きしか

米蔵の書庫となりたる実家なり時は移りて住む人も替る

今日ひと日楽しく過ごさむ思ひ込めて鏡に向きてしかと帯締む

歩行言語共に障れる夫を守り今日も暮れゆく冬空見つむ

悲しみ深く（一九八二年一月・愛娘急逝）

（三十五才で急逝）

二児残し吾も残して逝きし娘《こ》の其の面さへも吾に浮ばす

長男と長女が吾をいとほしみ支えくるれば吾は生くべし

童顔のままみ佛となりし娘よ庭の草木の芽吹きてゐるに

亡き吾娘のほほ笑みて吾を訪ひくれど夢の中にて消ゆる哀しさ

遺されし父子訪へば亡き人の植ゑし白き牡丹が雨に打たれて

娘の墓前に話しかけつつ香華供ふ吾にまつはる蝶さへかなし

杜ふかきみ社を背に今し発つ奴の舞の孫よ幼し

細き月冴へし夜更けに踊り音ひびきてくれば亡き娘思へり

何想ひて「大原御幸」を描きしや佛間に掲げて見つつ哀しき

この土に眠るべき日の何時ぞ亡き娘思へば山鳩の鳴く

蔦からむ桜の老木幾歳ぞガラシャ知るかと言ひつつ撫づる

まみえねど師のおんうたのほのぼのとみ心にふるるごとき思ひす

教材に亡き娘が縫ひおきし単衣着の細かき針目をしみじみと見る

利休頭巾喜寿に給ひし師を祝ぎて集ひし子弟今告別に泣く

いくとせを炉開きにかざりし初嵐《はつあらし》椿あまたの蕾つけしまま枯る

かなしみを告ぐる人なき日日にして秋草に宿る露を清しむ

夜を覚めて娘はこの世にあらざりと思ひつつとほき星空見あぐる

ひとり居て思ひ出たたむ舞扇遺せし吾子のかをりただよふ

命ありて燃ゆる紅葉をめでてをり凍てつきし心もしばし安らふ

娘に懸けし現世の旅は夢なりきこな雪の舞ふ祥月命日

失ひし哀しみ不意に溢れきぬ桶に米とぐ水を受けつつ

遺されし身も生きなむと米洗ふ厨の水のまこと冷たき

いのち愛しみ

（一九八三〜一九八八年）

淋しさも吾の甘えかと思ひつつ白き足袋はき新春迎ふ

雪掘りてきれぎれとなりし芹ながら七草かゆに春の香ただよふ

豪雪のなほも降りしく裏庭の藁苞の中の牡丹芽案ず

啓蟄に吾も這ひ出ず稽古なすわびしきものか吾の思ひは

育児日記に四つ葉のクローバーはさみありかの遺児は中学生となる

み剣を高くかざしてお祭りに浦安舞ひたる娘も今は亡く

連れ立ちて歩みし吾娘の笑顔顕つ若葉の風の匂う峠に

かの世にて吾を待ちくるる娘のあればこころ安らかに手術台にをり

死なないでと友に双手をつつまるる癒え帰り来て青葉を浴ぶる

娘に寄する思ひをもちて育くみし沙羅の白花今朝二つ咲く

世にあらば三十八歳の誕生日なりひそかに香を今日こそ焚かん

逝きてより三度めぐり来る水無月か沙羅の落花の白きを見れば

秋の夜を声をかぎりに鳴く虫よ短き命を知りゐるものか

まみえねど師の面影を思ひをり「母ありてこそ」を読みかへしゐて

いと紅きもみじ葉あれば菓子のせて野点のお茶に和みてをりぬ

初釜に一期一会を思ひをり日日のくらしの新たになりて

大雪なる予報はあれどまんまるき今宵の月は澄みて輝く

足もとに芽吹けるものを感じつつ雪どけし露地に敷松葉ひろふ

味土野より手折り帰りし撫子の根づきて日日咲く花いとほしむ

亡き人と月見をなせし庭池に今宵いざよひの月影うつる

主菓子に月かげさせる夜咄の茶会終りてしばし和めり

鐘の音と読経の声とせせらぎと秋の山寺さびしく澄めり

父の忌をふる里に来れば秋更けて素枯れしすすき野侘びしと思ふ

来し方の支えとなりし生家訪ふ秋の日ざしに武家門鎖もる

いく歳も涸るることなき井戸水を永久に汲めよと子に孫に希ふ

若水を汲めば溢るる音さやか理資《ただすけ》十二歳寅年の新春《はる》

寅年の子が鬼の面つけ豆をまく其の所作を見て満足の老夫《ぢぢ》

牡丹の芽からくれなゐに雪間より見えかくれゐて春を告げくる

歩み行く道にしたがひ流れゐる水に育ちし芹みづみづし

集落のみなもととなり流れつぐ浅瀬に奏でる春の詩きく

後楽園に共にはべりし曲水の宴はるかなり娘を偲びをり

漸くに清白の墓碑見出しぬ因幡の国の傳説の地に

亡き母のよはひとなりて胸痛きまで偲ばるる母の一生《ひとよ》を

砂丘を駈け下り遊びし遠き日よ友等のをさなき面影の顕つ

砂丘の一劃子《いっかく》等に占められて松の間に間に遊具の見ゆる

土手道を行きつつ高く仰ぎ見る白雲うかべる秋の大空

秋海棠夏の日照りを生き抜いてひそと咲きをり秋雨の朝

娘の逝きて日ごと深まる空洞を遺されし歌に補ひてみつ

かつて娘と歩みし秋の散歩道病後に友と語らひつ行く

忽然と逝きたる夫はわが胸に寂寥となりて棲みてゐるらし

吾にとりこよなき人は亡き夫かこころに生きる残せし言の葉

（孫娘に婚約者を紹介されて）

孫息子一人生れたる心地して今日は良き日ぞ吾は倖せ

告別の　きょう満開の　桜かな（四月二日　けい子）

著者プロフィール

渡邊 久枝（わたなべ ひさえ）

1920年、鳥取市に生まれる。
2001年4月、没。
58歳より作歌。
67歳までの10年間の作品を収録（最後の一首を除く）。

花径　遺作短歌集

2002年1月15日　初版第1刷発行

著　者　渡邊 久枝
発行者　瓜谷 綱延
発行所　株式会社文芸社
〒112-0004　東京都文京区後楽2－23－12
電話 03-3814-1177（代表）
03-3814-2455（営業）
振替 00190-8-728265

印刷所　株式会社平河工業社

ISBN4-8355-3136-1 C0092